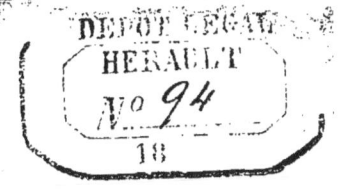

E. HOUARD

—

UNE AME

POÉSIES POSTHUMES

DERNIÈRES PENSÉES

MONTPELLIER

IMPRIMERIE CENTRALE DU MIDI

(Hamelin Frères)

—

1891

UNE AME

E. HOUARD

—

UNE AME

———

POÉSIES POSTHUMES

DERNIÈRES PENSÉES

MONTPELLIER

IMPRIMERIE CENTRALE DU MIDI

(Hamelin Frères)

—

1891

UNE AME

A MON SIÈCLE

Siècle, que la science aveugle glorifie,
Les cœurs nobles et doux, on te les sacrifie,
Et, sur les durs chemins que ta marche a tracés,
Ils gisent, par ton pas implacable écrasés !

Les siècles nommés grands, les fiers siècles de vie,
Tu railles, orgueilleux, ce qu'on y déifie ;
Aux peuples prosternés ton ordre est : « Détruisez ! »
Ton piédestal n'est fait que de temples brisés.

Et chacun de tes fils, docile, aveugle, esclave
T'apporte, Dieu vainqueur, une sanglante épave ;
Siècle, j'ai mon épave à t'apporter aussi.

Ton souffle empoisonné ternit ma pure flamme ;
Le marteau destructeur a frappé sur mon âme :
Je n'ai que ma douleur, ô siècle ! — et la voici !

L'ÉPOUVANTAIL

C'est un matin d'hiver : dans la campagne éteinte
Je vais, marchant dans l'ombre, accablée, au hasard ;
Plus de feuille aux rameaux que fouille mon regard ;
A leur place, un haillon, une loque déteinte :

— L'Epouvantail, qu'on met pour inspirer la crainte
Aux doux petits oiseaux ! — Puis, après leur départ,
Après les fleurs, les fruits, le fantôme hagard
Flotte seul, au vent froid, sans en sentir l'étreinte :

— La jeunesse aujourd'hui, sur son âme, déploie
Le doute, noir drapeau, pour protéger sa voie
Et pour effaroucher les rêves, purs oiseaux,

Afin de mieux jouir des vains fruits de la terre !
— Ils passeront ces fruits, — dans son cœur solitaire
Le doute flottera, haillon aux noirs réseaux !

VISION

Anges qui secouez la neige de vos ailes,
Tissez un voile doux, un voile étincelant,
Un voile de blancheur, d'innocence éternelles
Et couvrez-en la terre, au vieux front chancelant,

Et laissez-l'y longtemps, longtemps ensevelie
Comme une morte calme et pure en son sommeil
Semble se reposer de la tâche accomplie,
Insensible, attendant le rêve, ou le réveil !

Que tout s'efface sous cet immense suaire ;
L'ouragan des forêts, le bruit sourd des cités,
Et le rire sceptique, et l'apostrophe amère,
Et les blasphèmes vils, les blêmes voluptés !

Laissez-là : qu'elle oublie en son voile de neige ;
Anges qui la plaignez, doux anges gardiens,

Bienheureux messagers du Dieu qui la protège,
Et, pendant qu'elle dort, brisez ses durs liens !

Ces durs liens dont l'homme étouffe la nature,
Sa pensée et son âme, et ses plus purs désirs,
Qui marquent tristement de noires flétrissures
Son front tout avili par les lâches plaisirs !

Oh ! pendant qu'elle dort en sa blancheur, la terre,
Si l'homme retrouvait le rêve immense et pur ;
S'il s'en enveloppait, de la chaste lumière,
Oubliant le passé, pour monter vers l'azur !

Sublime vision qui vient, au temps si sombre,
De ta vive lumière éblouir ma douleur,
Oh ! si réelle était, un jour, rien que ton ombre,
Quel éclat ici-bas répandrait sa pâleur !

Je veux croire au réveil ; — brisant les jougs infâmes !
Elle se lèvera, fière, la nation ;
Au ciel apitoyé redemandant des âmes,
Avec l'immense cri: « Régénération ! »

LES AIGUILLES DE PIN

Le pur et frais matin frissonne, plein de grâce,
Mille blancs papillons volètent sur sa trace,
Mille parfums de fleurs planent, délicieux,
Et l'astre de la nuit s'enfuit, silencieux ;

L'air n'est qu'une harmonie ; il va, vient, puis repasse,
Il n'est pas un seul pli de feuille qu'il n'efface,
Et même le cyprès si morne et soucieux
N'ose être indifférent à ce souffle des cieux !

J'ai toujours ma tristesse, et rien ne me l'emporte ;
Et j'écoute tomber, lentement, lentement
Les aiguilles des pins, sur quelque feuille morte ;

Je les vois, une à une, expirer tristement,
Une à une tomber : bruit faible, vague plainte....
— Et sans beaucoup souffrir, ainsi qu'une âme éteinte !

1*

BROUILLARD MORTEL

La pauvre vigne étend ses larges flots féconds,
Et ses puissants rameaux penchent vers les sillons
Sous le poids de beaux fruits gonflés de riche sève,
Mais, sur l'horizon clair, un nuage s'élève !

Il s'étend, s'épaissit, brouillard aux noirs flocons
Il étreint chaque souche en ses mortels haillons,
Peut-être il passera comme un douloureux rêve ?
Non ! chaque fruit meurtri, bien lentement s'achève !
. . . .

Parmi ceux de demain je vois des fronts nombreux
Inclinés sous le poids de pensers généreux
.... Là-bas, cette fumée âcre, épaisse, qui sort

Du vaste autel des sens amollit tout effort,
Entrave tout élan sublime, et change en plaie,
Chaque fruit de l'idée éblouissante et vraie.

ENCORE A L'AUBE

Le premier rayon court sur la grande ombre douce,
Glisse entre l'herbe d'or et l'onduleuse mousse,
Réveille avec amour le peuplier rêveur
Et des vastes cieux clairs anime la pâleur !

Comme tout sait vibrer à sa chaude secousse ;
L'ombre rase en fuyant le sol qui la repousse,
Partout sont déployés rayons, chansons, couleur ;
Des perles de cristal brillent dans chaque fleur !

Des hymnes radieux partent de chaque branche ;
Et je ferme les yeux, et ma tête se penche ;—
Nature, berce-moi comme un de tes enfants ;

Que j'oublie un instant mes tristes jours, ma vie ;
Change, change avec moi brin d'herbe que j'envie,
Et j'aurai ta rosée en mes pleurs étouffants !

JOURNÉE D'HIVER AU BORD DE LA MER

Que j'aime à voir la mer quand la plage est déserte
On ne voit que le ciel, la vague blanche et verte ;
Le pied presse le sol, l'œil sonde l'infini
Et l'éther, au flot pur, là-bas est réuni.

... Nous y fûmes un jour, un beau jour de décembre,
Et, tout en ramassant des pierres jaune-d'ambre
Tu chantonnais tout bas quelques joyeux Noëls ;
Moi, sombre, j'écoutais les sanglots éternels !

— Le sable étincelant, tu le foulais, joyeuse,
En fredonnant toujours,... et mon âme songeuse
De ses tristes regards plongeait dans la cité
Où tant de mal était par le mal excité !

Oui, sur le ciel là-bas, faisant sa tache sombre
La ville s'ébauchait comme un fantôme d'ombre ;
Même je percevais une sourde rumeur,

Chansons et vils refrains, odieuse clameur,
Echo dur, discordant qui troublait ma pauvre âme ;
— Devant l'immensité venait parler l'infâme !

ATTENDS L'AURORE

VEILLE

J'ai médité longtemps sur les fils de la terre,
Et, cherchant pour leur plaie un baume salutaire,
Je criai vers Celui que j'adore et je crains,
Qui fait jaillir l'Idée en nos sombres chemins.
. . . .

Invisible, la lune au ciel cherchée, éclaire,
Tel est l'amour divin, seul flot qui désaltère,
Que ne voient point jaillir les cœurs pesants, étreints
Par les impurs désirs, et les doutes humains !
. . . .

L'obscène chant se tait.... une heure avant l'Aurore
L'air calme attend.... un coq lance son chant sonore
Dans la cour j'entends l'eau goutte à goutte couler.
. . . .

Et l'ombre a tressailli.... j'entends frémir des ailes
Je vois blanchir au ciel des aurores nouvelles,
Heure, en paix, dans l'espoir, tu peux te dérouler.

OH ! QUAND JE SOUFFRE TROP

... Oh ! quand je souffre trop, je la fuis cette ville,
Entraînant après moi mon pauvre corps débile ;
Sur la route poudreuse errent mes pieds meurtris ;
Tout autour, des champs nus, et des arbres flétris,

Mais, secouant enfin cette poussière vile
J'arrive à mon sentier, haletante, fébrile,
Un tout petit sentier, bordé d'oliviers gris,
Tristes et doux amis qui, seuls, m'auront compris ?

Sous leur ombre flottante, un instant je m'arrête,
Je rêve quelque chant qu'écrit ma main distraite !
Mes regards, vers la mer immense sont perdus...

— Dans le jour éternel, cette heure seule est brève !
Avec le flot qui fuit, vers la céleste grève,
Mes désirs les plus purs se sentent confondus !

MARINE

La mer murmure douce ainsi qu'un lac des cieux,
Le flot berce le flot, pur et silencieux,
Ondulant comme un pli de voile, que soulève
Le souffle du zéphyr, qui s'endort sur la grève ;

La vague a su charmer les astres radieux,
Pour briller sur son front, ils ont quitté les dieux !
— Jusqu'à l'heure tardive où la lune se lève
Ils vogueront, baisés par cette onde qui rêve !

Une voile, là-bas, glisse furtivement ;
On croirait voir le doux et pur balancement
D'un séraphin lassé qui flotte au gré d'une aile !

Souffle ! Esprit ! Serais-tu le messager béni
Qui vient aider mon âme à franchir l'infini ?
— Oh ! ne fuis pas sans moi vers la paix éternelle !

UN DIMANCHE D'AUTOMNE

C'est le jour du repos, et la cloche bénie
Sur la ville répand sa pieuse harmonie,
Pas un frémissement dont l'air doux soit troublé
Sous lequel un rameau, le plus frêle, ait tremblé !

Le ciel est recouvert d'une ombre pâle, unie ;
Tout goûte, avant la mort, une paix infinie....
. . . .
Un coup de feu brutal : — Le calme est envolé !
Dans la plaine, là-bas, la vapeur a sifflé.

C'est un chasseur cruel, et puis un train qui passe :
A la machine aveugle, au meurtrier rapace
Rien ne peut imposer le respect du repos !

L'orgueilleux progrès, sourd aux pleurs des dieux paisibles
Roule, vertigineux, vers des buts invisibles :
— L'homme s'agite, tue, et meurt dans ce chaos !

OH ! VOICI LES LONGS JOURS

Oh ! voici les longs jours et la douce lumière,
Et le ciel toujours bleu ; le retour des oiseaux !
Il doit être bien doux de voir l'heure dernière
Vous rapprocher des cieux, quand les cieux sont si beaux !

Le soleil plus longtemps réchauffe et vous caresse,
Il fuit comme à regret dans sa mer de vermeil,
Et son rayon tardif ressemble à la promesse
Qui, faite sur le soir, berce notre réveil !

Je t'envie, ô pasteur de l'agreste montagne !
Ta couche est la lavande ou le thym odorant ;
Partout un rayon d'or, caressant, t'accompagne,
Et sur ton calme front se joue en souriant !

Toujours le dôme bleu, large et pur sur la tête,
Ni murs ni bois épais qui le cache à tes yeux,
Ton cœur n'est point troublé par la sombre tempête,
Fort de l'immense paix que lui versent les cieux !

JOUR DE PLUIE

Des cieux gris tombe, lente, une éternelle pluie ;
Et je pense à ces pleurs que nulle main n'essuie ;
Il a plu sans cesser de l'aube jusqu'au soir.
Je pense aux mornes jours écoulés sans espoir !

Et la vaste campagne est inerte et s'ennuie ;
Je pense aux corps vivants dont l'âme s'est enfuie ;
Le vent gémit tremblant sur l'affreux rameau noir ;
Et je pense aux foyers où nul ne vient s'asseoir !

Mais j'entends le rabot, paisible et monotone,
Puis une voix d'enfant fraîche, limpide, entonne
Un cantique ; et le ciel s'entr'ouvre à son doux vœu ;

Cette voix du travail, ce chant de l'innocence
Apaisent un moment ma profonde souffrance,
Car ils me font penser à la bonté de Dieu.

LES CONTES DE FÉES

Il pleut à noirs torrents ! Ma tristesse est bien lourde,
La corde qui me reste à mon appel est sourde ;
Écrire ? Je ne puis ; par un suprême effort
Ma pensée, en un songe affreux, s'abîme et dort !

Lire ? lire un roman ! Toujours même peinture
Des mêmes passions, de la même nature ;
Non ; je ne lirai pas ! Viens, monstre horrible, Ennui !
Tout ce qui me défend contre toi s'est enfui !

... Enfants ! que tenez-vous ? Quel est donc ce vieux livre ?
Sur votre épaule un peu, voyons, laissez-moi suivre
Votre histoire aussi douce et fraîche qu'une fleur !

Oh ! que ne puis-je ainsi que vous endormir l'heure
Dans les récits naïfs où jamais l'on ne pleure ?
— Par un conte de fée endormir ma douleur !

DÉCEPTION

Il est parfois des jours au milieu de l'automne,
Des jours pareils à ceux précédant le printemps ;
Ni brumeux, ni sereins ; indécis, hésitants
Entre le gai soleil et le vent monotone ;

Et puis, ces jours passés, hélas ! comme on s'étonne
De sentir se glacer les rameaux palpitants,
Et d'entendre gémir et siffler les autans ;
C'est l'hiver ! — tout espoir, soudain, vous abandonne.

— Quelques mots d'amitié vous ont parfois troublé
En vous les redisant il vous aura semblé
Qu'à vous allait s'offrir une tendresse chère ?

Mais non ! ces mots banals, des lèvres prononcés
Recouvraient au hasard des sentiments glacés ;
La solitude, après, vous paraît plus amère.

LA VÉNUS DE MILO

Tu t'éveillas au jour, rayonnante statue,
Dans ce temps où l'esprit régnait, seul souverain !
Pas d'atome de chair dans ton marbre serein
Où de mâle vigueur la grâce est revêtue !

. . . .

Tu sortis d'un cerveau d'idéal fécondé,
Non par l'étude lente et sûre d'un modèle ;
Au vrai type du beau, ton créateur fidèle
De pensers éternels se sentait inondé !!

. . . .

Dans un sublime élan t'évoqua son génie,
Des vierges profondeurs du marbre étincelant,
Fière, tu t'élanças foulant le sol tremblant
Suprême expression de terrestre harmonie !

UN MALHEUR

Savez-vous ce que c'est qu'un malheur solitaire ?
Un malheur qui s'isole et ne peut pas pleurer,
Qui ronge lentement, lentement l'âme austère
Sans la faire mourir, pour mieux la déchirer ?

Un malheur dont on rit, un malheur qu'on accuse,
Et pourtant un malheur qui se sent juste et grand ;
A croire à ce malheur le monde se refuse :
Dieu seul peut le sonder d'un regard pénétrant !

Oh ! riez et passez, troupe folle et légère,
Le cœur qui sait souffrir repousse le mépris ;
Mais il s'ouvre au pardon, il s'ouvre à la prière,
Il sait que de Dieu seul il peut être compris !

MON CHOIX

Un jour, je traçai deux images
Qui me hantaient depuis longtemps :
L'une, front pâle, aux noirs nuages,
Entouré de crêpes flottants ;

L'autre paré d'un voile rose !
Plus radieux que le ciel pur,
Plus brillant que la perle enclose
Dans une corolle d'azur !

La première était la souffrance,
La pâle et mourante douleur ;
La seconde était l'espérance,
Qui rit aux yeux comme une fleur.

Et j'offris ce travail modeste :
On choisit l'ange gracieux ;

Je dis : Prenez ; l'autre me reste,
C'est la douleur, cela vaut mieux.

Que partout, toujours je la voie,
Et, dût mon cœur se consumer,
Je sens que je pourrai l'aimer :
— Je ne peux pas aimer la joie !

MINUIT !

Minuit ! Je les entends sonner de ma retraite
Par la cloche lugubre et lente, qui s'arrête
Après chacun des coups, comme pour voir passer
Des ombres de douleur naissant pour s'effacer ;

Minuit ! et tout frémit d'une terreur secrète
Écho vague et plaintif de tout ce qui regrette !
Le vent d'hiver gémit, hurle sans se lasser,
Devant toujours gémir, comme nous trépasser !

MON HIRONDELLE

Tous les soirs à minuit, quand ma cloche fidèle
M'a lentement sonné, deux fois ses douze coups,
J'entends un léger bruit, comme un battement d'aile,
Puis un gazouillement qui frémit, bas et doux !
C'est là, dans ce vieux mur, ma petite hirondelle !
Mon amie, effrayée à ce sombre minuit
Pousse un cri bien plaintif, et soudain se rappelle
Que je veille près d'elle et que ma lampe luit !
Alors, bien tendrement, elle dit qu'elle m'aime !
Tout en pensant à moi, la pauvrette s'endort !...

....Si l'orage venait, je ne pourrais pas même
Voler vite à son nid : la ravir à la mort !

OH! TOUJOURS UNE FLEUR!

J'aime que sur mon front rêve une jeune fleur,
Violette, anémone, ou lilas ou pervenche ;
Si, dans l'ombre, mon front plus inquiet se penche,
L'aile de son doux rêve y jette une lueur !

Et je me sens unie à ma corolle blanche,
Ma fièvre s'est calmée à sa douce fraîcheur !
Elle gazouille ainsi qu'une plus jeune sœur,
Et je sens qu'en son sein ma tristesse s'épanche !

POURQUOI ?

Le soleil naît plus tôt ; et meurt plus tard le soir,
Avril s'épanouit ! Le cœur s'ouvre à l'espoir ! —
A peine a-t-on senti le parfum d'une rose
Mai s'enfuit ! l'été vient, et puis l'hiver morose.

A quinze ans, c'est vingt ans que l'on voudrait avoir ;
C'est demain que l'on aime, et que l'on veut savoir ;
— Papillon fugitif, sur notre front se pose
Vingt ans : et puis s'en va sans nous dire autre chose !

Oh ! que de soins perdus à rêver d'autres jours ;
Quel incessant désir nous tourmente toujours ;
— Si le ciel est bien bleu, si la fleur bienfaisante

Embaume notre cœur, pourquoi donc soupirer
Après une autre fleur ? pourquoi donc désirer ?
Pourquoi ne pas savoir aimer l'heure présente ?

DIS-MOI, TE SOUVIENT-IL ?

Dis-moi, te souvient-il de ce ruisseau charmant,
Glissant mystérieux sous sa voûte de saule ?
Dont l'eau baisant l'iris et les herbes qu'il frôle
Murmurait en silence un doux hymne endormant ?

L'heure fuyait sans bruit, comme l'eau, recueillie,
T'en souvient-il ? Depuis, combien de jours passés !
Nos jeunes cœurs muets se tenaient embrassés
Profondément voilés, en l'amour qui nous lie !

Sous le miroitement des saules argentés,
Au bord de ce ruisseau, dans l'ombre et le mystère,
Près du myosotis qui croissait solitaire,
Les regards vers les cieux longuement arrêtés !

Nos âmes frissonnaient, priaient, s'ouvraient à peine
Te souvient-il ? ô jour d'émotion si plein,

Pour la première fois nous lûmes Jocelyn,
Confondant notre voix, et d'une seule haleine !

Au bord de ce ruisseau je viens me souvenir,
J'y reviens seule, hélas ! chercher notre beau rêve.
Les blancs iris, flétris, se penchent sur la grève
Notre rêve effeuillé, comme eux, s'en va finir !

ADIEUX A MA RETRAITE

Oh ! pourquoi s'attacher aux choses de la terre !
Nous n'y sommes que pour un jour !
Pourquoi, ce qui l'entoure, une âme solitaire
L'aime-t-elle presque d'amour ?

Hélas ! je le sais bien ! Cette maison si chère
Ces murs, ces balcons, ces pavés,
Resteront bien longtemps, indifférente pierre,
Où l'ouvrier les a rivés !

Cette toute petite et charmante retraite
Où j'ai souffert, puis espéré,
Où j'exhalais tout bas mes accents de poète,
Où j'ai si longtemps soupiré !

Cette tapisserie à la nuance claire,
Ces antiques et larges fleurs,

Cette fenêtre d'où m'arrivait la lumière,
    D'où regardaient mes yeux en pleurs !

Oui ces êtres seront tous muets, insensibles,
    Sans pleurer ni départ ni mort,
Les quitter me remplit d'angoisses indicibles,
    Mais pour eux qu'importe mon sort !

Il est vrai, c'est mon cœur qui rêve, les anime,
    Ils n'existent, ne souffrent pas !
Mais ils furent pour moi plus qu'une amie intime
    Témoins de mes plus durs combats ?

Oh ! je leur trouverai toujours un doux visage
    Loin d'eux, je sens, je souffrirai ;
Hélas ! moi j'aime tout sur mon triste passage,
    Car partout, tout bas, j'ai pleuré !

JE PARS TRISTE

Je pars triste, et pourtant j'espère revenir !
Et revenir bientôt pour quelque heure sereine !
Mon âme aime à garder un profond souvenir.
... O fleurs du souvenir ! si douce est votre haleine !

J'espère revenir pour quelques jours heureux !
J'ai tant de souvenirs que mon âme en est pleine !
Le poids des souvenirs est un fardeau joyeux
Qu'on porte nuit et jour et que l'on sent à peine !

Et quand je reviendrai, mon pauvre luth tremblant,
Qui ne sait pas encore où moduler sa plainte,
Aura pu rencontrer quelque cœur bienveillant
Et, dès lors, revivra ma flamme presque éteinte !

Adieu, mon rossignol, âme pure des nuits !
Je n'aurai plus la paix de tes concerts célestes :
Reste au pays des fleurs, hélas ! moi je le fuis !
Mais ton chant me suivra, n'est-ce pas, si tu restes ?

A CEUX QUI M'ONT ENVOYÉ DES FLEURS

Un pâle et doux reflet glisse des cieux voilés ;
Les calices des fleurs sont tendrement troublés...
O coupes de parfum ! doux adieux de l'automne,
Que la mousse, la jeune immortelle couronne !
. . . .

Parmi les souvenirs en mon âme assemblés
Glisse un reflet tremblant... il y trouve mêlés
Tous les parfums aimés des fleurs que l'on me donne
Avec celui des cœurs dont le ciel m'environne !

Ceux qui savent parer les vastes fronts pâlis
Des guirlandes que Dieu prodigua sur la terre,
Dans l'urne de leur cœur défiant les oublis,
Recueilleront les chants de l'âme solitaire !
. . . .

De vos fleurs l'amour coule ainsi qu'un divin miel,
Et de toute heure triste elles sont l'arc-en-ciel !

POÉSIES POSTHUMES

DERNIÈRES PENSÉES

ÉPIGRAPHE

ADRESSÉE AUX PARENTS DE L'AUTEUR,

PAR Mme SIMONE ARNAUD

Elle est morte à vingt ans ; âge de fiancée;
Age de joie et de plaisir ;
Elle est morte à vingt ans d'une austère pensée,
Morte d'un sublime désir !

Répandez des lauriers et des larmes sur elle ;
Écrivez sur son pur tombeau :
Soldat de l'Idéal; hélas ! soldat trop frêle,
Tombé sous le poids du drapeau.

DERNIÈRES PENSÉES

LE PIN

Le Pin, c'est l'Esprit fort qui tient tête aux nuées !
Qui lutte avec le vent, et se rit des huées
    Des noirs ouragans en fureur !
    Le Pin, c'est le grand éclaireur :

Du haut de ses sommets il scrute les abîmes ;
Il est le frère aimé des nuages sublimes,
    Son flanc distille un doux flot d'or
    Comme le miel ; un flot où dort

Une flamme éclairant le faîte de sa gerbe ;
Le Pin, c'est l'esprit fort et doux ; l'âme superbe.

LE SOMMEIL

Le sommeil, c'est la paix que nous versent les Anges;
Le sommeil, c'est un pas vers l'éternel demain!
Voici qu'il nous conduit au bord de ce chemin,
Où le Divin Sauveur nous prendra par la main,
Nous dépouillant du corps, comme un enfant des langes.

C'est déjà la béatitude, le sommeil!
C'est l'amour tout-puissant qui clôt notre paupière,
Très pur, nous reposant des lueurs de la terre,
Versant à notre cœur la céleste lumière :
Le sommeil, au repos des élus est pareil.

Le sommeil, c'est l'essor libre que prend notre âme,
Elle va se baigner dans les flots de cristal
Du ciel d'amour, du ciel brillant, du ciel natal ;
Et puis elle revient, pleine de pure flamme,
Ayant rêvé le bien — pour éviter le mal.

LES ÉTOILES

(Pensers du soir)

Quand chante Vesper, ce tendre berger,
Tout en promenant ses lumières blanches,
Il attire à lui par son chant léger
Les étoiles, doux troupeau des pervenches.

On en voit venir par-dessus la mer,
On en voit franchir les hautes montagnes ;
Quand en sont couverts les fronts des campagnes,
Voici que s'endort le berger Vesper.

A sa sœur la Nuit, Vesper les confie ;
Chaque étoile semble un regard d'amour,
Voulant découvrir si pendant le jour
Elle a moins souffert, la lointaine amie.

La terre tremblante. — Au bord de leur parc,
Le ciel, on les voit, ces lueurs penchées,
Cherchant sur ton front tes douleurs cachées,
Terre, dont la nuit a débandé l'arc,

Dans l'azur bleu-noir, épave endormie,
— Elles semblent dire : « Oh ! pendant ce jour,
As-tu mieux vogué vers le saint amour,
As-tu rayonné, notre obscure amie ?

Dans les esprits las, dans les cœurs blessés,
La paix revient-elle avec la prière ?
Oh ! dis, quels sillons aujourd'hui tracés ?
Des sillons pleins d'ombre, ou pleins de lumière ?

LA PRIÈRE

La mer terne est voilée, en une brume grise,
A peine, par instant, sous un rayon s'irise ;
A l'aurore le ciel ne s'est point découvert ;
Le jour erre indécis, sous un doux reflet vert.

Et la vague gémit comme un cœur qui se brise,
Une âme que, soudain, la douleur a surprise
L'écume jaillissant comme un sanglot souffert
Sur la grève éplorée, en blanches fleurs se perd.

Ainsi que tous les jours, quand une molle haleine
Berce ciel et flots bleus, leur âme pure, pleine
Et d'amour, et de foi, de céleste candeur,

L'aïeule et son enfant murmurent leur prière,
Et dans un hymne saint qui vole à la lumière,
Avec les séraphins chantent leur Créateur.....

UNE HEURE

J'entends au loin frémir la mer triste et voilée ;
Et sa plainte profonde, à ma plainte mêlée,
A son funèbre écho dans les pins fléchissants
Qui sous les vents d'hiver se tordent, gémissants.

Au ciel semble flotter une ombre vague et noire
Et l'on entend là-bas les cris du champ de foire,
Les sons tristes et lourds de la cloche des morts
Tombant sur la cité comme un vivant remords.
. . . .
. . . .

Mes vingt ans sont passés comme passe cette heure.
. . . .
Je voudrais écouter toute cloche qui pleure !
Dans le bruit discordant du monde qui jouit,
Cet appel de l'airain, morne, s'évanouit !

CRÉPUSCULE

Le jour pâle mourait.... et mon âme meurtrie
Goutte à goutte versait à l'amie attendrie
Mon chagrin amassé lentement, lentement,
. . . .
Au balcon frémissait un doux roucoulement.

Les sons purs et légers de la cloche qui prie
Épandaient dans les airs leur flot de rêverie...
Et là-bas, dans sa cage, heureuse, s'endormant
La colombe rêvait, roucoulait doucement...

Symbole de l'amour de cette triste terre
De cet amour troublé, je ne l'écoutais pas ;
Mais j'écoutais l'airain pieux et solitaire

Tout près de mon amie, et murmurais tout bas :
« Oh ! dites, notre amour, l'amour de nos deux âmes
Nous rapproche du grand amour aux saintes flammes !»

LES FLEURS D'AMANDIER

C'est janvier, gris et noir ! mais pour les fiancés
L'amandier s'est couvert d'étoiles odorantes ;
Comme aux brises de mai tièdes et murmurantes,
Les blancs rameaux ondoient, doucement balancés.

Dans l'allée embaumée, avec grâce enlacés
S'avancent les amants ; les pâles fleurs errantes
Neigent, neigent sur eux leurs âmes expirantes
Car, voici, vient le soir et les souffles glacés.

Et les jeunes heureux foulent ces fleurs fanées
Sans voir au-dessus d'eux les rameaux désolés !...
Ils les foulent ces fleurs qui pour eux étaient nées !..

Oh ! puissent leurs beaux jours de jeunesse envolés
Leur cœur ne point gémir, comme ces rameaux sombres
Qui s'en vont tristement se perdre dans les ombres.

CHUTE DES FEUILLES

Par un ciel d'or, le sol fut encor caressé,
Mais voici, sur le soir du beau jour effacé,
De la plaine au coteau frémit un long murmure :
Les arbres jaunissants effeuillent leur ramure.

Dans le sommeil des nuits, par le froid oppressé,
Le grand souffle du Nord inflexible est passé
Chaque branche a senti sa triste flétrissure
Le soleil brillera sans guérir la blessure.

Branches ! ne ployez pas sous les vents des frimas
Insensibles, dormez, pour vous reviendra l'heure,
Vos feuilles renaîtront ! Mais ne renaîtront pas

Blanches illusions ! Si le soleil m'effleure,
Plus ne dore mon cœur, s'il vient dorer mon front !
Branches, ne pleurez pas ! vos feuilles renaîtront.

3

SOUVENIRS VOILÉS

I

Dans ce petit salon, d'un ovale charmant,
Elle y vient toujours seule, avec son rêve sombre
Quand la flamme s'éteint dans le foyer fumant,
Quand sur l'astre au couchant s'étend une grande ombre.

Les meubles sont légers, d'une claire couleur,
Dans les tons nuancés des blondes tourterelles ;
Le fond est parsemé de quelque large fleur
De quelque palme bleue et quelques boutons frêles.

De tableaux, de dessins tous les murs sont ornés
Pour qu'avec agrément le regard s'y repose.
Sur ses pieds, en un arc gracieux retournés,
S'élance un élégant bureau de bois de rose.

Ici le piano noir au clavier ivoirin
Et là, sur la coquette et blanche cheminée
Sur leur socle en velours, coupes en marbre fin,
Un cadran, mesurant courte ou longue journée.

La vaste fenêtre a son balcon dentelé
D'où l'on voit la mer bleue embrasser l'azur tendre,
Le soleil au couchant ; le grand ciel étoilé
Comme un voile brillant au-dessus vient s'étendre.

Et tout dans cet espace a son parfum d'amour,
Parfum suave et sain ; là, les deux sœurs aînées
Avec leurs fiancés venaient, jour après jour,
Réveiller leur passé, rêver leurs destinées.

II

Le blanc clavier alors résonnait de doux airs
Et la mer des tableaux frissonnait, caressante ;
Le cadran annonçait en sons vibrants et clairs
Chaque heure de bonheur à l'âme frémissante.

La glace en son cristal brillant ne reflétait
Que des fronts radieux et conservait l'image
De l'amant attendri, pour celle qui restait,
Et qui, se regardant, voyait la chère image.

Pensive, s'accoudant sur le bureau discret,
Avec le cher absent causait la fiancée.
Et la plume volait, déroulant son secret,
D'une grâce naïve ornant chaque pensée.

Le bouquet entouré du satin aux doux plis
Étincelait, semé d'une poudre brillante,
De messages d'amour les calices remplis
Les murmuraient, berçant et parfumant l'attente,

Et l'absent revenait, alors tout frémissait
Comme le cœur ému de cette jeune fille ;
Dans la glace un riant visage rougissait,
Ainsi que toute fleur sous le soleil qui brille.

L'aérien balcon, sous son dôme d'azur,
Offrait son frêle appui à leurs mains enlacées
Le zéphir les baisait du souffle le plus pur
Ranimant doucement leurs âmes oppressées.

Voici ! tout cela fut ! maintenant tout est mort !
Avec la sœur aînée, ô la sœur si chérie !
L'appui de la plus jeune... et depuis qu'elle dort,
Le jour naît pour mourir, comme une fleur flétrie !

III

. . . .
. . . .

Dans le petit salon, d'un ovale charmant,
Elle y vient toujours seule avec son rêve sombre,
Quand la flamme s'éteint dans le foyer fumant,
Quand sur l'astre au couchant s'étend une grande ombre !

Si parfois le clavier résonne sous ses doigts,
Ce n'est que pour gémir, en des accords funèbres,
Accords qu'elle accompagne avec sa triste voix,
Quand la vie et le jour glissent sous les ténèbres.

Et terne est maintenant la glace de cristal,
Muets cadrans, tableaux, bureau de bois de rose,
Tout s'endort dans un deuil, un deuil sombre et fatal,
Éternel comme la souffrance qui le cause.

Plus de joyeux bouquets à la vive couleur
Mais un subtil parfum, âme de violette,
Vient adoucir cet air amer de la douleur
Et semble distillé d'une larme secrète!...

Tout en deuil? non, le ciel sur le balcon léger
S'étend brillant et pur durant la nuit sereine,
Et la pauvre âme y vient profondément songer
Vers le Divin amour, laissant monter sa peine.

IV

Pareil au doux frisson qui court sur les tombeaux,
Quand le premier beau jour du printemps vient éclore,
Un frisson tressaillit du clavier aux tableaux.....
L'étincelle au foyer mourant jaillit encore!...

Tout répond vaguement à ce chant douloureux,
Insensibles, sous leur crêpe noir endormies,
Des lyres qui vibraient en des jours bienheureux
Accompagnent ce chant de lentes voix amies.

Fendant l'éther profond comme un bruissement d'aile,
Quand tout dort en la paix du calme solennel
Il s'exhale, ce chant au pauvre cœur fidèle,

. . . .

C'est le parfum caché de son deuil éternel.

PAS DE VOL

Divine Poésie, hélas ! fille des Cieux,
Si nous rêvons de toi dans des sommeils radieux
Au réveil, il nous faut te meurtrir sous l'enclume
Et river ton pied frêle au fer lourd de la plume.

Dieu ne voulut donner d'ailes qu'aux doux oiseaux ;
De murmure enchanté qu'aux flexibles roseaux . .
A nous, pauvres esprits, pauvres cœurs, pauvres âmes,
Pas de vol, pas de chants, d'insaisissables flammes.

UNE LARME

Il était mort, son fils, son doux ange adoré ;
Froide, depuis deux jours elle n'avait pleuré.
Elle l'avait voilé, la pauvre jeune mère,
De son voile de noce.... On apporta la bière.

Pas un cri ne sortit de son cœur déchiré.
Elle prit son enfant de blanches fleurs paré,
Le posant doucement dans sa couche dernière
Dit : « Je le porterai moi-même au cimetière. »

Là-bas, ayant posé le cercueil sans faiblir,
Muette, elle attendit qu'on vînt l'ensevelir.
Autour du trou béant, guettait la mouche avide.

La mère alors comprit que son ange si beau,
Il fallait le laisser aux vers de ce tombeau....
Une larme glissa sous sa paupière humide.

3*

CAUSERIE

Oh! causer! que c'est doux, causer de l'âme à l'âme
Et verser la pensée au cœur qui la réclame.
L'idée alors jaillit, forte de liberté,
Sur les débris du joug dont souffrait sa beauté !

Mais causer pour causer, pour prodiguer le blâme
Aux faiblesses d'autrui! pour attiser la flamme
De cet esprit moqueur, jaloux d'être excité....
C'est dessécher en soi tout germe de bonté!

Si je ne puis t'avoir, profonde causerie,
Dans le silence ami, mon âme pense et prie,
Et par de vains propos ne veut point se lasser!

Qu'on me laisse ! c'est moi qui me suis retirée
D'un monde où ma pauvre aile est toujours déchirée
Je veux le voir de loin s'agiter et passer !

LE MALHEUR QUI M'ÉMEUT

Le malheur qui m'émeut, c'est le malheur voilé,
Qui ne veut pas se plaindre et s'est dissimulé
Jusqu'à ce qu'un regard l'observe et le devine,
Et tendrement vers lui comme un rameau s'incline.

Le malheur qui ne peut se sentir isolé
En mots vains et banals est bien vite envolé ;
Jamais au fond de l'être il n'avait pris racine,
Par la seule habitude à gémir il s'obstine.

Ce malheur ne saurait exciter ma pitié,
La souffrance affectée implorant l'amitié.
D'un cœur aride et bas c'est la marque vulgaire. —

Oh ! traîner la douleur pleurante à chaque seuil,
C'est profaner la mort, c'est profaner le deuil ;
Un cœur plein de regrets sait pleurer solitaire. —

SUIVRE LA VIE

Suivre la vie, au jour le jour, sans douce trêve ;
Tourner la même roue en un temps mesuré ;
Après un autre but n'avoir point soupiré,
Fermant son morne cœur à l'infini du rêve ;

Ne pas s'apercevoir de ce poids qu'on soulève, —
Ce poids du temps si lourd, — et, d'un pas assuré,
Dans tout banal cortège avoir bien figuré :
On peut trouver ainsi que l'existence est brève.

L'année est un cadran dont on a fait le tour
Sans douleur, sans bonheur qui troublent, sans amour !

TEMPETE

O vent, tu peux souffler, secouer ta colère !
Tu ne soulèves rien de cette morne terre :
Pas un débris de feuille aux arbres mutilés !
Pas un grain de poussière aux vastes champs gelés !

O vent, tu peux mugir ! rien ne se désespère.
Il n'est pas un sanglot dans l'écho solitaire !
Le grand bruit des cités, de durs chocs martelés,
Te couvre, et tes appels ne sont point révélés.

O vent de la douleur, viens passer sur les âmes !
Tu n'emporteras pas la poudre d'un remord ;
Pas de cendre au foyer, nul vestige de flammes !

Rien n'a vécu, rien n'a germé, tout est né-mort !
Là seul rugit le vent du gain, le vent du doute !
O vent de la douleur, que mon cœur seul écoute !

VAIN MURMURE

Le ciel est noir, l'air lourd, tous les chemins boueux.
Que m'importe ! Je veux quitter ces murs hideux.
Quand je trouve un vieux tronc pour appuyer ma tête,
Fermant mes yeux lassés, un instant je m'arrête.

Mais j'entends comme un chant de flot mélodieux
Qui coule, pur, au fond des bois silencieux...
Pauvre âme !... Ce murmure est celui d'une eau vile,
Pareille à l'eau qui sort des ruisseaux de la ville.

Mon âme, mon esprit et mon cœur sont lassés
De tous les mots banals que l'on jette à ma peine,
Je n'entends plus.... Parmi les voix à flots pressés

Voici qu'une m'émut et j'y croyais à peine.
Or ce ne fut pas long : cette voix se mettait
Au ton des autres voix et rien n'y palpitait !

SURSUM CORDA !

Que j'ai froid ! Que j'ai froid ! Pâle, le soleil fuit
Par delà le vallon.... Mon pas tremblant poursuit
De son dernier rayon la mourante caresse :
L'ombre ainsi qu'un linceul à mes côtés se dresse.

Oui, l'ombre à l'aile immense et noire qui sans bruit
Étouffe la clarté dans les plis de la nuit !
Du morne Ciel en deuil, nul regard ne s'abaisse
Pour réchauffer mon corps et l'air glacé m'oppresse.

Durant mon court passage, ainsi je t'ai cherché,
O pur rayon d'amour, mais tu fuyais sans cesse,
Et j'ai touché le fond de l'humaine tendresse,

Sous le poids du malheur à mes jours attaché !
— Puis j'ai connu la paix que donne la prière,
Et maintenant, je sais où trouver la lumière !

ON DIT QUE J'AI VINGT ANS

On dit que j'ai vingt ans ! Je ne sais pas mon âge.
Je ne sais pas celui que porte mon visage,
Je ne sais que celui qui pèse sur mon cœur !
On dit que j'ai vingt ans, vingt ans, l'âge vainqueur !

Mon enfance, ce fut cet oiseau de passage
Qui vole un jour de mai dans un ciel sans nuage ;
Je me souviens à peine, à travers ma douleur,
De jours vagues et doux comme un parfum de fleur.

Pour moi, printemps, hiver, auront la même haleine,
Toute lente harmonie est d'amertume pleine.
Je ne savais pas rire, et l'on m'abandonna,

On railla ma souffrance, on l'appela folie,
Ou rêve maladif de ma tête affaiblie...
Aucune heure d'amour pour moi plus ne sonna.

FIN DE VEILLE

La nuit règne, plus rien de vivant ne m'arrive.
Peut-être ai-je abordé sur la céleste rive
Que je rêvais...... Je pense et je ne souffre pas :
Je ne me souviens plus des longs et durs combats.

Mais, violant le repos, une cloche plaintive
Met le doute en mon cœur..... Suis-je encore captive ?
Ou dans mon nouveau monde est-il, comme là-bas,
Des cloches pour fêter la mort avec leurs glas ?

Un sifflet ! C'est le train ! des cris ! la voix humaine !
L'heure sonne, je souffre — hélas ! tout me ramène
Sur les bords odieux du trop réel chemin.

Comme une larme fuit sous un jeune sourire,
Dans le torrent du jour la douce étoile expire,
Plus d'ombre, plus de paix, c'est le bruit, c'est demain !

C'ÉTAIT UN RÊVE D'OR

Je ne veux pas pleurer ! Je ne veux pas souffrir !
Le ciel splendide et pur m'enivre de lumière,
Des gerbes de vermeil incendient chaque pierre,
Tout vibre ! et toi, mon cœur, tu te sens bien mourir.

Les rameaux de vingt ans sont longs à se flétrir :
Ils gisent : un beau jour rend leur vigueur première.
Les pleurs ne veulent pas brûler cette paupière
Qui n'eut que vingt matins à voir les cieux s'ouvrir !

Hélas ! l'azur pâlit et le soleil se voile...
Bien avant le lever de la première étoile,
Mon âme, il te faudra retourner à ton deuil.

C'était un rêve d'or, d'une seconde à peine ;
Car j'avais cru sentir la chaude et douce haleine
D'un rayon qui perçait le drap de mon cercueil.

JE SUIS, JE NE SUIS PLUS

Je suis, je ne suis plus !...Je ne sais, j'erre, j'erre,
Sans entendre ni voir les choses de la terre,
On parle de la vie, et je ne comprend plus...
Et tous mes sombres maux maintenant se sont tus !

Quand le soleil brûlant m'enivrait de lumière
Un souffle tressaillait en mon cœur solitaire
Et je me laisse choir sur un morne talus,
Près des derniers rameaux par les vents abattus.

La nuit a refoulé soleil, nuages frêles,
Pas d'étoiles...je vois passer d'immenses ailes
Fendant l'ombre qui traîne ainsi qu'un noir lambeau,

Ainsi passe mon âme en cette nuit : le monde
Fendant péniblement l'obscurité profonde,
Traîne ce pauvre corps vers le bord du tombeau.

TABLE DES MATIERES

—

UNE AME

—

DERNIÈRES PENSÉES

—